安否

| 밥북 기획시선 30 |

나호열 시집

안부

安否

자서

  울타리가 없는 집이라고 오랜 친구가 나를 일러 그리 불렀다. 무리無籬라 읽어야 마땅한데 그는 나를 늘 무이라 불렀다. 그때마다 나는 무리無理와 무이無二 사이에서 할 말을 잃었다. 그저 하루하루를 감사한 마음으로 살면서 어느덧 고희가 되어 가는데 마땅히 이룬 것도 없고, 아쉬운 것도 없지만 친구의 말대로 울타리가 없는 자유를 잊은 적은 없다.

  내게 시는 내면에서 솟구쳐 오르는 안타까움의 고백이었을 뿐이지만, 이 말은 나름대로 생生을 통찰하려는 의지의 표현이기도 하였다. 닿을 듯 닿지 않는 저 너머가 늘 궁금한 것이다.

2021년 가을,
무이재에서

제1부 _냉장고에서 꺼낸 달걀은 진화론의 지루한 서문이다

제2부 _알에서 깨어난 맹목의 새는 어디로 가는가

제3부 _동물에서 사람이 되었던 날은 부끄러움을 알게 된 그 날

제4부 _누군가의 뒤에 서서 배경이 되는 그런 날이 있다

제1부

냉장고에서 꺼낸 달걀은
진화론의 지루한 서문이다

구름

이 세상에서 가장 아름다운 꽃은
피어나기는 하나 지지 않는 꽃이다
하늘에 피는 꽃은 구름
그저 푸른 하늘만 있으면
사계절 가리지 않고 핀다
향기도 없고
벌 나비도 찾아오지 않지만
이 세상에서 가장 아름다운 꽃은
나그네 긴 발걸음 끌고 가는
구름이다

석등에 기대어

초여름보다는 애써 늦봄이라 하자
소나기는 말고 눈물이 아니라고 우겨도 좋을
눈썹 가까이 적시는 가랑비라 하자
먼 길을 떠나야 할 것 같은 아침보다는
기다리는 이 없어도 돌아가는 마음이 앞서는
저녁 어스름이라 하자
마음이 하냥 깊어져야 만나는 개선사지
꽃대궁만 키를 세우고 피어나지 않은 꽃
그 앞에 서면 꽃은 피는 것이 아니라
창을 여는 것이라고 우겨도 좋겠다
시방十方을 한눈에 담고
제 그림자를 옷깃으로 날리는 꿈을 잊지 않았느냐고
화창花窓에 어리는 혼잣말
어디에도 세월의 뒷모습을 보이지 않아
더 살고 싶은 외로움을 손잡아주는
그 어디쯤
나도 네가 되어 있는 것이다

사이시옷

– 기와를 노래함

저 멀리
한 마리 학이 앉아 있는 듯
가까이 다가가면
서로 포근히 기대어
사이시옷
사람(人)들이네

흙이 물과 불이 만나 이룩한
우주를 향해 펼친 날개
사이시옷의 물결을 보네

연리목을 바라보다

강둑에 줄지어 서 있는 나무들
바닷가 파도 소리에 키를 세우는 나무들
깊은 산중 적막을 수행하는 나무들
산마루 허리 꺾고 넘어질 듯 넘어지지 않은 나무들
그 나무들 오늘은 고고한 탑으로
내 앞에 서 있다
어디를 둘러보아도 얼굴 보이지 않는
오래된 시계를 몸 어딘가에 감추어 놓은
울울함을 바라보며
아득한 먼 옛날 씨앗으로 움트던 날을 기억한다
생전에 그늘을 바라보지 못할 것을 알면서도
달디단 열매를 마음으로 받아들일 수 없음을 알면서도
흙 속에 마음을 묻은 사람처럼
나도 한 그루의 작은 나무를 심는다
흰 구름처럼 부드럽고 가벼운 날개를 가진
나무는
어느 생에 저 창공을 박차고 올라
마악 사랑을 배우는 사람들의 눈빛을 닮은

별이 될 것이므로

나는 한 그루 나무속에 내 이름을 숨기려 하니

나이테 속에

당신의 숨결로 빚은

빛나는 시를 새겨 넣어다오

그대여

돌멩이 하나

길가에 뒹구는 돌멩이를
누구는 발로 차고
손에 쥐고 죄 없는 허공에
화풀이를 하네

볼품이 없어
이리저리 굴러다니지만
엄연히 불의 자손
하늘을 가르며 용트림하던
그 청춘의 불덩이를 잊지 않기 위해
안으로 얼굴을 감춘 갑각류의 더듬이처럼
엉금엉금 기어서
오늘도 날개를 꿈틀거리는
돌멩이 하나

봄

어쩔 수 없다
눌러도 눌러도 돋아오르는
휘영청
수양버들의 저 연둣빛 회초리
바람 맞은 자리마다
까르르
웃음소리

진화론을 읽는 밤

냉장고에서 꺼낸 달걀은
진화론의 지루한 서문이다
무정란의 하루가 거듭될수록
저 커다란 눈물 한 덩이의 기나긴 내력을
통째로 삶거나 짓이기고 싶은
약탈의 가여움을 용서하고 싶지 않다
비상을 포기한 삶은 안락을 열망한 실수
사막으로 쫓겨 온 낙타 아버지와
초원을 무작정 달리는 어머니 말
그렇게 믿어왔던 맹목의 날들이
닭대가리의 조롱으로 메아리친다
다시 나를 저 야생의 숲으로 보내다오
삶에게 쫓기며 도망치다 보면
날개에 힘이 붙고
휘리릭 창공을 박차 올라
매의 발톱에 잡히지 않으려는 수만 년이 지나면
쓸데없는 군살과 벼슬을 버린
새가 되리라

진화론의 서문이 너무 길어

달걀을 깨버리는

이 무심한 밤

만종晩鐘

사람들의 목숨을 노리고
짐승들의 고막을 찢던
포탄이 종이 되었습니다
아침에 뜨는 해와
저녁에 모습을 드러내는 달과
밤이면 새싹처럼 돋아나던 별들
그 만물이 일러주는 시간들 사이에서
태어나는 숨처럼
논둑길을 달리고
성황당 고개 너머
얕은 토담을 끼고 돌아
누구나 나그네일 수밖에 없는
너와 나의 어깨에 얹히는
위로의 손길
어디서 날아왔는지 말하지 않는
철새들에게 가슴을 내주는
겨울 들판까지
종소리는 무작정 달려옵니다

무엇을 섬기든 고개 숙이고
감사의 시간을 선물로 주는
산골짜기의 종은
살생의 폭약을 가득 안았던 포탄
그 속이 비워지고
너무 쉽게 잊어버리는 생명의 시간을
저 혼자 일러주는
만물의 종이 되었습니다

면벽

아무도 묻지 않고
나도 묻지 않았다
한때는 뾰족한 아픔이
새순으로 돋아오를 때라고
믿기도 하였으나
먼 길을 걸어온
늙은 말 등에 얹힌 짐이
한 줌도 되지 않는 세월의 무게라는 것을
알게 되었을 때부터
나는 눈물을 두려워하지 않게 되었다
세찬 빗줄기 꽂히는 아스팔트를 쪼아대는
비둘기의 투쟁과
몇 알 좁쌀을 입에 물고
무소유의 집으로 돌아가는
콩새가 전해주는 무언의 감사와
꽃도 아니라고 코웃음 치던 들판에
십자가처럼 피어나는 개망초의 용서가
아직 뜨거운 심장에 한 장의 편지로

내려앉을 때

눈물은 오늘을 사는 나의 양식

오롯이 가식의 옷을 벗는

영원으로 가는 첫걸음

지상에서 배운 첫 낱말

혼자 울 때

아무도 호명하지 않은 꽃으로 핀다

코에게 묻다

너의 얼굴을 지우는데 몇 년
이름이 멀리 사라지는 데 몇 년
내 이름 불러주던 목소리 들리지 않는데 반생
그러나 끝끝내 잊혀지지 않는
너의 복숭아 살 내음은
만 리 밖에서도 그리움으로 남아
한순간도 없으면 못 사는
있는 듯 없는 듯한 공기 속에
코를 묻는 어리석음이여

폭포의 꿈

나는 폭포를 사랑해

아니 나는 폭포와 같은 사랑을 사랑해

저 단호한 번지 점프

차갑고 정갈한 저 얼굴을

어떻게 일 획의 붓으로 하얗게 그리고 말겠어

당신은 꿈으로 웃고 있는데

한 줄기 바람이 와르르

늦은 봄날의 벚꽃 잎으로 화폭을 채우네

손길이 닿지 않는 어드메쯤에서

나는 다시 당신을 그리네

하늘과 맞닿은 고향을 찾아 거슬러 오르는

수만 마리의 열목어가 이룩하는

용오름 속에

나는 선녀의 옷을 감춘 나무꾼을 그려 넣네

물구나무서기를 하면

폭포는 하늘을 향해 가는 사다리

나는 폭포를 사랑하네

아니 나는 아무도 모르는 폭포의 꿈을 사랑하네

사막의 꿈

어느 사람은 낙타를 타고 지나갔고
순례자는 기도를 남기고 사라져 갔다
그때마다
화염을 숨기고 뜨거워졌다가
밤이면 무수히 쏟아져 내리는 별빛으로
얼음 속에 가슴을 숨겼다
나에게 머무르지 않는 사람들의 발자국을
침묵과 고요 속에서 태어난 바람으로 지우며
육신의 덧없음을 일깨우곤 했다
오늘도 낙타의 행렬과 순례자들이
덧없이 지나갔지만
나는 꿈을 꾼다
그 사람이 오고
백년 만에 비가 내리고
백년 만에 내 몸에서 피어나는 꽃을
어쩌지 못한다

안녕이라는 꽃말을 가진 사람

안개

뼈인 듯싶으면 살이고
살인 듯싶으면 뼈
와르르 무너질 듯해도
온전히 하나의 힘으로 우뚝 서는
인생을
어찌 용서하지 않을 수 있나
멀고 멀어 아득하다 싶어도
거의 다 다다른 듯싶은
그래 너는 나를 안개라 부르고
나도 너를 그리 부르마
가여워서 용서할 수밖에 없는
용서라 하니 또 가여워서
어디든 닿아 눈물이 되고 마는
추억의 무덤이여

모두 안녕

절벽 앞에 서 있었다
우울의 깊이를 가늠하려고
눈빛을 떨어뜨렸을 때
절벽 어느 틈새에
꽃은 보이지 않고
향기가 기어오르고 있었다
나는 그 꽃이 궁금하여
하늘을 우러러 보이는 곳으로 내려왔다
꽃도 향기도 보이지 않는 절벽이
내게 말했다
모두 안녕?

여름 생각

옛 마당에 숨어있던 채송화가
고개를 들면 여름이었다
댓돌 밑에 죄 없이 벌서는 아이 모양
납작 엎드려 있어도
붉은 꽃 쉴 새 없이 고개를 쳐들었다

옛 마당에 개망초가 키를 세우면
여름이었다
빈 땅만 있으면 창궐하는 역병처럼
잡초가 되는 개망초를
마음 가득 채우고 싶어 하는 사람이
내게 당도했다
여름인 것이다

매미

　오랫동안 꿈만 꾼다는 것은 힘든 일이다
　새로 태어났기에 바다를 건너는 게 꿈이었는데
　온몸이 부서질 듯 아픈 게 날개가 돋치는 까닭이라고 믿고
있었는데
　너에게 불러줄 세레나데는 성대가 없어
　그저 날개를 부르르 떨어야 울음 삼키는
　몹쓸 날개

　그래도 너는 오겠지
　웃음소리가 아니어도 나무 하나를 너끈히 들어 올리는
　절창을 모른 척하지는 못하겠지
　새로 태어났으나 새가 되지 못한
　그저 가슴 속에 출렁거리는 바다를
　이렇게 쏟아내고 있지 않은가

담장 너머

피지 말라고 해도 피고
지지 말라고 해도 진다
잊지 말라고 해도 잊어지고
잊으라 해도 잊히지 않는다
망초의 마음이 닿은 곳까지
내 눈길이 아스라이 떨어진 곳까지만
생각하기로 한다
담장 너머로
뭉게구름 띄워놓고
나는 저녁을 기다린다
땅거미의 은은한 발걸음 소리

하늘 마당

하늘을 구름이 쓸고 닦는다
한 구름이 지나가면
다른 구름이
아무도 가지 않은
아무도 가지 못한
무량한 하늘마당을 쟁기질 한다

이윽고 가을 하늘은 푸르고 깊어져서
어느 사람은 몇 필씩 끊어내어
가슴 속에 향낭을 만들고
긴 편지를 쓰기도 한다

나는 안다
저 하늘마당에 밤이 오면
고이 뿌린 그 누군가의 눈물이
별로 돋아 오르는 것을

한 뜸 두 뜸 모이고 모여

빛나는 화관을 비단 손길로 고이 얹어주는 것을

제2부

알에서 깨어난 맹목의 새는
어디로 가는가

토마스가 토마스에게 1

사랑해

이 짧은 시를 쓰기 위해서
너무 많은 말을 배웠다

토마스가 토마스에게 2

– 사랑의 힘

가시밭길 걸어도
멈출 수 없는 것은
뒤돌아보면 살아온 날들이
꽃밭이 되어
따라오기 때문이다

토마스가 토마스에게 3

– 혼자 가는 길

어디에 있어도

나는

당신에게 닿겠다

토마스가 토마스에게 4

– 메아리

불러도 대답이 없기에
적막하게 돌아오지도 않기에
그냥 멀리 갔나 보다
모른 채 뒤 돌아보지도 않고
잊었나 보다
북 속에 가득한 이름이
세차게 두드리자
목이 쉰 소리로 뛰쳐나온다
알에서 깨어난
맹목의 새는
어디로 날아가는가

토마스가 토마스에게 5
– 달빛의 향기

누가 내 가슴을 지나가고 있나 보다
허공을 가르며 떨어지는 나뭇잎 그림자

누가 내 영혼에 길을 내고 있나 보다

긴 발걸음 소리

토마스가 토마스에게 6

– 기차를 기다리는 사람에게

기차는 멈추었는데
내리는 사람도 없고
타는 사람도 없다
잠깐 이라는 역에
기다리는 사람도 없고
떠나는 사람도 없다
세월이라는 기차는 지금
다시 기적을 울렸다

토마스가 토마스에게 7

나무는
그 자리에 오래
서 있는 것이 아니다

그 자리에서 발걸음을 옮기며
제 안의 길에
바람을 초대하여
먼 그대에게
눈빛을 보내고 있는 것이다

토마스가 토마스에게 8
– 마음 밥

따뜻하기만 하다면

마음에서 퍼내온 밥은

오래되어도 새 맛이고

조금 먹어도 배부르고

아무리 퍼내도

줄어들지 않는다

토마스가 토마스에게 9

불쑥
당신 앞에
나무로 서는데 반생
문득
당신 마음에
꽃으로 피는데 반생

불쑥에서
문득까지 천리 길
길 없는 길

토마스가 토마스에게 10

섬

너라고 쓰고

나라고 읽는다

토마스가 토마스에게 11
– 동행

어느 사람은 아프다
어느 사람은 슬프다
어느 사람은 아파서 슬프고
어느 사람은 슬퍼서 아프다
여럿이면서 하나인 그가
마지막 눈을 감을 때 흘린 눈물을
우리는 노을이라 부른다

토마스가 토마스에게 12
– 천태산 은행나무

이 세상에서 가장 큰 도서관은
문이 없다
얼굴을 본 적은 없지만 친숙한
무한정 대출이 가능하고
신분증이 필요 없는
헤아릴 수 없이 많은 장서
그러나 단 한 권의 책만 가득한 곳

그곳으로 가서
나는 하늘을 우러르고
힘껏 팔을 벌려 감싸 안는다
딱딱한 침묵 속에
세월의 심장 소리
기다려라

나무는 내게 가장 아름다운
도서관이다

토마스가 토마스에게 13
– 사랑과 사람

눈이 두 개 있어도
하나만 본다
귀가 두 개 있어도
한 말씀만 듣는다

토마스가 토마스에게 14

– 샛별

심장이 두근거린다는 것은
누군가 당신의 문 앞에 당도했다는 것이다
어느 날 홀연히 사라진 밤별들이
어둠이라는 나무에 꽃으로 피어
당신의 몸으로 빛나는 것을 모르고 있는 동안
평생을 뒷길을 더듬어 온 순례자는
기도의 시간을 바치고 있는 것이다

토마스가 토마스에게 15
– 나의 남은 소원

부디 사계절 입맛 잃지 않고
십분 이라도 깊은 잠 들고
아침에 지난날
똥 잘 싸면 되고

……

이하 생략

토마스가 토마스에게 16

외로워서 거꾸로 걸었다는 시인의 사막을
나는 한 걸음 내딛고 뒤돌아보고
또 한 걸음
태양을 향해 걸어가면
야윈 그림자가 뒤따라오고
그 모습이 가여워
한 그루 나무로 서 있기를 오래 기도한다
평발을 섬겼던 한 켤레의 신발이
구름이 되어 날아가는 꿈을 꾸고 있는 동안
신기루 너머로 인생은 저만큼
앞서서 가 있는 것을

제3부

동물에서 사람이 되었던 날은
부끄러움을 알게 된 그 날

천국

가보지는 못했지만 가 보았다
오르고 또 오르면
하늘에 닿을듯하여
자전거 페달을 밟듯
제 발등에 눈물만 던지고 있는
나무들처럼
벌서고 기도하는 법만 배웠다
허공은 깊고 또 깊어서
승천의 기개만으로는
어림없겠지만
며칠을 굶어 마주한 한 그릇의 밥
노동의 야행에서 마주한
벽에 기대었던 쪽잠에서
절벽을 넘어서는 새들의 아득하고
아늑한 비행이
좌측에서 우측으로 설핏 빗겨 지나갈 때
소유를 배우지 못해 가난이라는 단어가 없는 섬을 기억했다

허물

옷의 역사를 생각해 본다
동물에서 사람이 되었던 날은
부끄러움을 알게 된 그 날
감추어야 할 곳을 알게 된 그 날
옷은 그로부터 넌지시 위계를 가리키는
헛된 위장의 무늬로
입고 벗는 털갈이의 또 다른 이름으로
진화하였다

우화羽化의 아픈 껍질을 깨고
비로소 하늘을 갖는 나비를 꿈꾸며
나는 마음속의 부끄러움을 가렸던 옷을
벗고 또 벗었으나
그 옷은 나를 지켜주고 보듬어주었던
그 누구의 눈물과 한숨일 뿐
내 마음이 허물인 것을 알지 못하였다

가만히 내리는 빗소리

나를 대신하여 허물을 벗는 이의
아픈 발걸음 소리로 사무쳐 오는 밤
나는 벌거숭이가 되어
옷의 역사를 새롭게 쓰고 싶다
부끄러움을 감추지 않고
가장과 위선의 허물이 아니라
마음에 새겨지는 문신으로
나를 향해 먼 길을 오는 이의 기쁨으로
이름 짓고 싶다

탑이라는 사람

– 선림원지 3층 석탑

해서는 안 될 말들과

하고 싶어도 하지 못한 말들을

강심을 알 수 없는 마음에 던져놓기 수백 년

그 말들이 굳고 단단해져

허물 벗듯 육탈(肉脫)하기

또 수백 년

바람이 마름질하고

달빛이 갈아낸 말들은

폐허의 정적에 우뚝 서 있다

이제는 무너질 일만 남은 고독한 사내

심장의 박동이 묵정밭에 푸르다

반골反骨

뿔이 나야 할 머리에
잽싸게 먹이를 움켜쥐어야 할 손에
용수철이 돋아났다
연둣빛 봄바람을 닮은 손길도
나를 윽박지르는 힘으로 다가온다 싶으면
어김없이 튀어 오르는 용수철
목을 치고
다리를 잘라내도
허투루 죽어도 천 년은 더 살겠다고
시시껄렁 살찐 바람쯤은
한 판에 눕혀버리겠다고
사진 속에 나는 보이지 않는다
그 빈자리에
장터목을 지키는 고사목 휘청
반골이다

고시원

개천의 지렁이가 용이 되려면
고시考試가 외길이었지
청춘을 불사르고 가는 벼랑길
십 년 전쯤
우연히 만난 친구가 고시원에 있다 하기에 면박을 주었지
이제 용이 되기엔 너무 늦은 나이
허튼 꿈을 버리라고 했지
그믐달처럼 휘어진 그의 등이
마지막 모습
언젠가 고시원에 불이 나서
죽은 사람들
하루 벌어 하루 먹는 사람들
개천에서 태어나 하늘로 오르는
용이 되고 싶었던 사람들
한두 평 숨 쉴 수만 있으면 꿈도 꿀 수 있다고
저마다의 고된 하루를 눕히던 고시원
맞다 맞아!
쪽방도 아니고 여인숙도 아니고 합숙소도 아니고 고시원이라니

어차피 인생이란 죽을 때까지 치러야 할 엄숙한 시험
꿈으로 불타오르는 용들의 작은 집
온 세상이 한 채의 거대한 고시원
맞다, 맞아!

안부安否

안부를 기다린 사람이 있다
안부는
별일 없냐고
아픈 데는 없냐고 묻는 일
안부는
잘 있다고
이러저러하다고 알려주는 일
산 사람이 산 사람에게
산 사람이 죽은 사람에게
고백하는 일
안부를 기다리는 사람과
안부를 묻는 사람의 거리는
여기서 안드로메다까지만큼 멀고
지금 심장의 박동이 들릴 만큼 가깝다
꽃이 졌다는 슬픈 전언은 삼키고
꽃이 피고 있다는 기쁨을 한아름 전하는 것이라고
안부를 기억하는 사람이 있다
무소식이 희소식이라고

날마다 마주하는 침묵이라고
안부를 잊어버리는 사람이 있다
그러나 안부는 낮이나 밤이나
비가 오나 눈이 오나 가리지 않고
험한 길 만 리 길도 단걸음에 달려오는
작은 손짓이다
어두울수록 밝게 빛나는
개밥바라기별과 같은 것이다
평생 동안 깨닫지 못한 말뜻을
이제야 귀가 열리는 밤
안부를 기다리던 사람이
내게 안부를 묻는다
기다림의 시간이 구불구불
부끄럽게 닿는다

68쪽

멀지도 않은 길을 오래 걸었다
그 일 획은 깊게 파인 상처처럼
승천하지 못한 용의 꿈틀거림
완성되지 못한 수동태의 문장으로 펄럭인다
표지도 목차도 없는
편년체의 지루한 책의 저자는
이 세상에 초대받지 않은 손님으로 왔다가
꼬리가 길어도 도대체 잡히지 않는 이야기들은
어느 날엔가 멈추고 말 것이지만
여전히 궁금한 책의 이름은
바람이 어떨까 생각하고 있다고
어지러운 발자국과 야윈 그림자만 만장으로 아득한 꿈

목주름이거나 목걸이거나

한평생을 목줄에 묶여 이곳까지 왔다
굴복인지 서툰 깨달음인지
이리저리 끌려다녔다는 슬픔과
아니, 한평생을 질긴 목줄을 끊으려고
이가 닳고 몸이 이지러졌다는 노여움이
내게 목줄을 채운 그를 그립게 한다
끈질긴 추격자를 피해 몸을 부숴버린
바람이 당도한 망명지처럼
목주름은 세월이 내게 준 값나가는 목걸이
아무도 호명하지 않는
천일야화의 주인공이 되어
또 한 줄의 문신을 새기는 죽은 봄이다

비애에 대하여

늙은 베틀이 구석진 골방에 앉아 있다
앞뜰에는 봄꽃이 분분한데
뒤란엔 가을빛 그림자만 야위어간다
몸에 얽혀졌던 수많은 실들
뼈마디에 스며들던 한숨이 만들어내던
수만 필의 옷감은 어디로 갔을까

나는 수동태의 긴 문장이다
간이역에 서서 무심히 스쳐 지나가는
급행열차의 꼬리를 뒤따라가던 눈빛이 마침표로 찍힌다
삐거덕거리며 삭제되는 문장의 어디쯤에서
황톳길 읍내로 가던 검정고무신 끌리는 소리가
저무는 귀뚜라미 울음을 닮았다

살아온 날만큼의 적막의 깊이를
날숨으로 뱉어낼 때마다
베틀은 자신이 섬겼던 주인이 그리워지는 것이다

일용직 나 씨의 아침

아무리 늦게 세시에 자도

네 시면 눈이 뜨인다

내 몸무게만큼의 어둠이 눈꺼풀을 눌러도

어김없는 계시로 번득인다

비가 오나 눈이 오나

비와 눈의 낭만은 잊은 지 오래

침묵이 가득한 아고라

인력시장을 향하여 순례를 떠난다

호명을 갈구하는 사람들에게 이름은 구호품

구호 받지 못하고 아침 해를 등지고 돌아올 때

나 씨에게는 허기를 때울 잠이 필요할 뿐

다이어트를 위해 아침밥은 거르고

점심도 건너뛰고 저녁은 생략한다

보라 동해에서 떠오르는 태양은

오늘도 이글거리는데

나는 외친다

나는 일용직이 아니다

나는 프리랜서다

일용직 나 씨의 저녁

곧바로 천국에 닿을 것만 같은
쭉 뻗은 대로의 의붓자식 같은
외로움을 한 번 꺾어 들면
음지식물이 독버섯처럼 웅크린 뒷골목
해고가 없는 일용직에서 해고당한
나 씨의 컵라면 앞에 말라비틀어진 김치 쪼가리
마침 저녁이면 저 세상을 보여주는
맛집 기행 덕에 만찬은 풍요롭다
컵라면은 한입에 사라지지만
잡을 수 없는 화면 속에 시선을 넣으면
온갖 산해진미가 내 것인 양 한 상 가득하다
나 씨가 일 년 동안 먹어도 남을
허기에 대한 헛가락질이
인생을 지휘하는 마스터 같다
오늘 저녁은 또 뭘 먹을까
곰 사냥을 나갔다 곰에게 쫓겨 돌아온
배고픈 안도감으로
일용직 나씨의 밥상은 보이지 않는

풍요로 가득 찬다

몽유의 이 짜릿한 육즙이라니

사랑의 온도

사랑으로 무엇을 할 수 있느냐고 물었다
아무리 뜨거워도
물 한 그릇 데울 수 없는
저 노을 한 점
온 세상을 헤아리며 다가가도
아무도 붙잡지 않는
한 자락 바람
그러나 사랑은
겨울의 벌판 같은 세상을
온갖 꽃들이 다투어 피어나는
화원으로 만들고
가난하고 남루한 모든 눈물을 쏘아 올려
밤하늘에 맑은 눈빛을 닮은 별들에게
혼자 부르는 이름표를 달아준다
사랑의 다른 이름은 신기루이지만
목마름의 사막을 건너가는
낙타를 태어나게 하고
다시는 돌아오지 못하는 길을

두렵지 않게 떠나게 한다

다시 사랑으로 무엇을 할 수 있느냐고

묻는 그대여

비록 사랑으로 할 수 있는 일이

아무것도 없을지라도

사랑이 사라진 세상을 꿈꾸는 사람은 없다

사랑은 매일 그대에게 달려오고

사랑은 매일 그대에게서 멀어지는 것

온혈동물의 신비한 체온일 뿐이다

이십 리 길

이십 리 길을 갑니다
그 길은 어디에도 닿을 수 있으나
사방팔방 둘러보아도 어디에도 없습니다
고개를 넘다 스르르 사라지고
문득 강가에서 발길이 멈추기도 합니다
바람을 기다려 자식을 떠나보내는 풀꽃의 마음
슬하에 있어도 이십 리
멀리 떠나도 이십 리
이십 리 길은 내 그리움이 서러운
그곳까지입니다
느티나무 한 그루가 서 있으면 하고요
어린아이용 키 작은 의자가 있었으면 하고요
저녁 어스름에 닿아
가여운 내 그림자가 잠시라도 앉아 있으면 그만입니다
이십 리 길은 내 마음의 길
당신도 그 길로 사뿐히 오시기 바랍니다

미안하다 애인아

세월은 거짓말도 용서한다
모질게 도망치듯 너를 보냈는데
때는 눈보라 치는 겨울밤
다시는 돌아오지 못할 다리에서
내게 결별의 찬 손을 내민 것은
너였다고 말한다
다시 어디서든 너를 만날까 두려웠는데
내 눈 안에 너의 얼굴이 담겨 있어
눈물로 씻어내려 했다고 말한다
세월은 자꾸 흘러
거짓말은 거짓말의 진실이 되고
나는 견우 너는 직녀라고
밤하늘의 별을 바라보고 있을 때
온몸을 웅크린 채 땅바닥에 내쳐진
돌멩이는 딱딱한 눈물이었다
세월은 주어를 이렇게 바꿔주는 것이다

이름을 부르다

떠나간 사람을 붙잡을 수는 없어도
마음 밖으로 어찌 보낼 수 있으랴
아무도 나를 불러주지 않을 때
나를 호명하면
장항선이 달려오고
바다에 가닿는 언덕 등 뒤로
엄동의 동백 몇 잎
붉게 피어난다
이제는 옛집으로 남은 사람아
끝내 종착역은 더 멀리 떠나
내 몸을 내리지 못할지라도
나는 어둠을 걸어 닿으리라
내 이름을 부를 때마다
끝끝내 피어있는 동백아
가여운 내 몸을 버리지 못하는 까닭은
내 몸에 깃든 장항선 철길을 지우지 못하기 때문이리라

걷는 사람들
− 기벌포*에서

사라지기 위하여 걷는 사람이 있다
두루미의 다리로 휘청거리며
절대로 뒤돌아보는 일 없이
밀려오는 파도를 온몸으로 받는 자세로
하염없이 걸어간다
그러나 그는 저 강이 시작된 눈물에 닿기 전에
길이 끊겨 더 이상 나아갈 수 없는
고요에 닿기 전에
발걸음을 되돌린다
그리움이라는 집은 이미 불타고 없는데
탕진한 생生의 목마름으로
이미 껍데기만 남은 알 속으로 몸을 버린다
오늘도 그는 사라지기 위하여 걷는다

* 기벌포: 충남 장항의 옛 이름

화병

　내 몸엔 개화의 순간이 새겨진 꽃문양 문신이 있다 깨지거나 버려질까 울컥거리는 두려움과 불안의 소멸은 몸과 함께 순장될 것이기에 그저 얌전히 당신의 손길을 바루는 일뿐이다 뿌리가 잘린 채 가슴에 꽂히는 꽃 그림자가 출렁거리고 나는 그저 어딘가에 서 있을 테지 의식 없이 내뿜는 향기와 흐트러진 자태를 즐기는 당신의 눈길이 사선으로 비껴가고 있을 때에도 오직 흙과 불의 혼으로 기억하는 나만의 오르가슴이 피어나고 있음을

말표 고무신 260

일주일에 한 번 산길 거슬러 오는
만물트럭 아저씨가 너를 데려다주었어
말표 흰 고무신 260
산 첩첩 손바닥으로 하늘을 가릴 수 있는 이곳에서
몇 날 며칠을 달려도 닿지 못하는 지평선을 향해
내 꿈은 말이 되어보는 것이었어
나도 말이 없지만
너도 말이 없지
거추장스러운 장식도 없이
그저 흙에 머리를 조아릴 때
내 못난 발을 감싸주는
물컹하게 질긴
너는 나의 신이야

제4부

누군가의 뒤에 서서
배경이 되는 그런 날이 있다

손금

길 없음의 표지판을 믿지 않고 끝까지 걸어가야 비로소 태어나는 말이 있다 눈먼 더듬이가 짚어내는 모르는 단어는 가슴 어딘가에서 피어나는 꽃의 눈빛을 닮았으나 그저 입안에서 맴도는 길들여지지 않은 바람의 영혼이다

길의 끝에서 우리는 강을 만나고 절벽을 만나고 사막을 만나기도 하지만 오늘 밤 태어나는 단어는 무엇이 될지 모르는 한 톨의 씨앗

하늘에 던지면 샛별이 되고 강에 던지면 먼바다를 돌아 회귀하는 물고기가 되고 사막에 감추면 슬픈 낙타가 될지도 몰라 아직 여백이 남은 가슴의 편지지에 서툴게 감춰두고 마는 길 없음의 끝

틈

잠시라도 틈을 보여서는 안 된다고 배웠다

빈틈은 사이와 뭐가 다를까 생각하는 동안

아스팔트 갈라진 틈 사이로 개미자리가 몸을 틀었다 거센 바퀴가 밟고 지나가 뭉그러져도

시퍼렇게 되살아나 꽃까지 피워냈다 틈과 사이가 뭐가 다른가 생각하는 동안 한 일생이 지나갔다

새우잠

잠자리는 반듯이 하늘을 바라보고 누워 팔다리를 가지런히 해야 하는데 온몸을 둥글게 말아야 잠드는 습관이 오래되었다

바람이 들어 한기가 가득한 방에서 추위가 뭔지 잊어버리고 추워라는 말도 잊어버린 어머니는 몇 해 겨울을 그리 보내시었다

그 방 그 얇은 이불을 버리지 못하고 어머니 뱃속에서 그리하였듯 다리에 얼굴을 묻고 물속을 유영하는 새우잠이 이세상의 모든 그리움의 상형象形임을 위안 삼는 밤

멀리 있는 그 누군가 깊은 잠을 이루지 못할 듯하여 이 밤나는 달팽이의 집 속으로 돌아가지 못한다

바람이 되어

 하루에 두 번 어딘지 모르지만 올라가고 내려가는 기차가 서는 간이역에 서 있었던 듯합니다 기다리는 사람도 없이 저 멀리서 밀물이 되어 다가와서는 순식간에 긴 꼬리를 남기며 사라지는 개펄 위로 펼쳐지는 장엄한 용오름 같은 것 허물을 벗고 또 벗을 때마다 길어지는 탐욕의 손과 신기루를 바라보는 눈이 지워지고 맹목의 시간에 몸을 부딪칠 때마다 포말이 되어 가벼워지는 내가 바람임을 알았습니다 다시는 태어난 곳으로 돌아갈 수 없는 바람은 거듭 허물을 벗어야 하는 속죄와 환생을 꿈꾼 벌의 자화상 끝내 홀로 남을 수밖에 없는 기차처럼 무작정 당신이라는 종착역을 향하여 달려갑니다

화풀이

  어느 사람이 화가 많이 났습니다 마음이 풀어질 것 같으면 욕이라도 하라고 했더니 그러마 하고 욕설을 퍼부었습니다

  구름 바람 매미 귀뚜라미 미꾸라지 송사리!

  생전 처음 이런 욕을 들어봅니다

당신이라는 말

　양산 천성산 노전암 능인 스님은 개에게도 말을 놓지 않는
다 스무 첩 밥상을 아낌없이 산객에게 내놓듯이 잡수세요 개
에게 공손히 말씀하신다 선방에 앉아 개에게도 불성이 있느
냐고 싸우든 말든 쌍욕 앞에 들러붙은 개에게 어서 잡수세요

　강진 주작산 마루턱 칠십 톤이 넘는 흔들바위는 눈곱만한
받침돌 하나 때문에 흔들릴지언정 구르지 않는다

　개에게 공손히 공양을 바치는 마음과
　무거운 업보를 홀로 견디고 있는
　작은 돌멩이의 마음이 무엇이 다른가
　그저 말없이 이름 하나를
　심장에서 꺼내어 놓는 밤이다

　당신

구걸求乞의 풍경

　거지라고 다 같지는 않다 어느 놈은 사기 치고 도둑질을 하지만 그래도 양심 있는 거지는 동냥을 한다 양심 있는 거지라도 낯이 두껍지 못하면 지하철 계단에 무릎에 얼굴을 묻고 바쁜 발걸음 소리를 하염없이 염불 소리로 듣는다 같은 지하철 계단이라도 조금 낯이 두꺼워지면 깡통을 놓고 거미가 먹이를 기다리듯 자세를 잡는다 돈이 쌓이면 사람들은 배부른 거지라 지레짐작하고 지나치기에 동전은 놔두고 지폐는 재빨리 거두어야 한다 이제 공력이 쌓이면 직립하여 서울역 같은 유동인구가 많은 곳으로 진출한다 어느 거지는 오백원만 달라고 한다 줄 마음이 있으면 애써 오백원 동전을 찾기보다는 천원 지폐를 꺼낼 것이라 예상하는 것이다 그런 잔머리보다 아예 천원만 달라고 손 내미는 정직한 거지도 있다 구걸하는 거지는 이제 구구절절 거지가 된 사연을 이야기하지 않는다 피차 속전속결 주든지 말든지 혹시 거지가 되는 꿈은 꾸지 마시라 없던 목이 떨어지고 밥줄이 끊어지는 흉몽凶夢이다

아직은

  바람으로 옷 한 벌 지어보려고 바람을 키워 본 적이 있다 바람을 키워보려고 바람의 씨앗을 구하려 다닌 적이 있다 바람의 씨앗을 심으려고 한참을 헤매다 평생이 지나갔다

  제 몸에서 빠져나가는 바람은 잡지 못하고 마음속에는 천지를 헤맨 구멍 난 고무신만 남았다고 구도사 스님이 입적했다

후생後生

　저렇게 살아서는 안 된다고 다짐했다 얼굴도 없이 뼈도 없이 맹물에도 풀리면서 더러운 것이나 훔치는 생을 살지는 않겠다고 생각했다

　하늘만 바라보면서 고고했던 의지를 꺾은 것은 내 잘못이 아니다 무엇이든 맞서 싸우되 한 뼘 땅에 만족했던 우직함이 나를 쓰러뜨렸다

　나무는 벌거벗어도 실체가 없음의 다른 말이다 벌거벗어도 보일 것이 없으니 부끄럽지 않다 당신이 나를 가슴에 품지 않고 쓰레기통에 넣는다 해도 잠시라도 나를 필요로 할 때 기꺼이 나는 휴지가 되기로 한다 나는 당당한 나무의 후생이다

어떤 힘

몸은 낡은 집이 되어 가는데 바늘귀만 한 틈만 있으면 뿌리 내리는 풀처럼 푸르게 돋아오르는 것이 있다 누르고 밟아도 새 한 마리 날아와 우짖지 않고 고요만이 머무는 빈집에 귀는 더 커져가고 눈은 더 맑아지는 법이다 들리지 않아도 보이지 않아도 혼자일수록 커지는 외로움의 힘

북의 행방

어느 산마루턱 암자에 만월로 뜨거나 잘못도 없이 공손히 무릎 꿇은 채 매를 기다리는 북은 전생의 속울음을 보인 적이 없다 가득 차 있으나 보이지 않는 공 속에 초식의 되새김질과 그렁한 눈망울로 그 누구도 해치지 않은 죄의 무두질 끝에 남은 가죽으로 무엇을 말할 것인가

나날이 낡아가는 암자의 노승은 열반의 염원으로 만월을 향해 북채를 잡고 고수鼓手는 소리꾼의 발자국을 짚기 위하여 아우른다 그때 북은 미리내의 수많은 별빛으로 반짝이고 미련 없이 떨어지는 붉은 동백꽃으로 홀연히 사라진다

그렇게 우리는 북이 되기 위하여 한평생을 건너가고 있을 뿐이다

Ab[*]

 한 걸음쯤 뒤에, 한 뼘쯤 아래에, 한 호흡 멈추고 조금 느리게, 동그랗게 뜬 눈을 반쯤 내린, 나뭇가지에서 뛰어내린 낙엽이 땅 밑 어느 생명의 숨을 밟지 않으려고 조심스레 내려 딛는 발걸음 소리로 너를 명명한다

 내 거친 들숨과 날숨을 연역하는 파릇파릇 돋아나는 새싹의 여림과 어디에 내려놓아도 낙하하는 폭포의 음계를 가지런하게 한 자리에 두 손 모으는 가을빛 소리

 너는 하늘을 푸르고 깊게 만드는 온음의 새

* Ab: 에이 플랫, 내림 A 장조

玉다방

　그 사람 이름은 잊었지만 나를 사모하는 언니가 있었지 계
란반숙을 몰래 주기도 하고 가끔은 거추장스럽다고 치마를
슬쩍 무릎 위로 올리기도 했지
　이제는 천국으로 떠났을 주인 이모는 장부에 적지도 않고
커피를 외상으로 주었지
　강의실 대신 이 빠진 엘피판 저 푸른 초원 위에 뮤직박스에
앉아 시름 많은 청춘을 시라고 쓸 때 외상값은 발자국을 찍
은 판넬로 받는다고 했지
　학교는 학교 밖의 인생이라고 세상 밖 군대로 떠나는 나를
뚱뚱한 웃음으로 배웅해 주었지
　그 언덕 너머 그 다방은 이제는 없네 레지라 불리던 언니는
어디서 나와 늙어가고 있는지
　아직도 오십 잔 커피 외상값은 그대로 남아 있는데 그 이모
는 어딜 갔는지
　온데간데없는 세상 밖에서 나는 오늘도 서성거리네

동네 친구

　동네 친구는 삼십 년이 넘었어도 아는 게 없다 고향도 나이도 물어본 적이 없다 어디서 뭘 하다 왔는지 알 필요도 없이 만나도 눈빛만 교환할 뿐이다 먼저 3동 친구는 그냥 산수유라고 부른다 부지런하게 봄이 오면 맨 먼저 노란 손수건을 흔들고 긴 겨울에도 붉은 열매를 내려놓지 못하는 욕심꾼이다 6동 친구는 앵두나무라고 하자 키도 작고 담장 너머를 기웃거리는 폼이 의심스러운데 동그랗고 붉은 눈망울을 탐내는 새도 없다 경로당으로 가면 몇 년째 오지 않는 친구는 까치이다 반가운 손님은 보이지 않고 빈 목소리만 가득하다 하루 종일 고개 숙였지만 늦은 밤 당당히 하늘을 보면 개밥바라기 별이라는 친구가 나를 대신해서 눈물 한 방울을 발밑에 떨구어준다 집에서 청승 떨지 말라고 동네를 한 바퀴 돌며 만나는 친구들의 얼굴을 삼십 년 동안 본 적이 없다는 사실에 문득문득 그리움을 배우고 싶은 마음이다

억!

어느 사람이 물었다 지금 눈앞에 억이 생긴다면 무얼 하겠소? 등짝 휘어지게 만드는 빚도 갚고 나와 같이 늙어서 힘 못 쓰는 달구지도 바꾸고 멋들어진 캠핑카로 선경에 몸 담그고 그 일장춘몽이 지나가고 난 후 나는 그 돈을 제단 위에 올려놓고 날마다 무엇에 쓸까 꿈을 꾸기로 했다

사지도 팔지도 못하는 꿈!

풍경과 배경

　누군가의 뒤에 서서 배경이 되는
　그런 날이 있다

　배롱나무는 풍경을 거느리는 것이 아니라 스스로 배경이
될 때 아름답다
　강릉의 육백 년 배롱나무는 오죽헌과 함께, 서천 문헌서원
의 배롱나무는 영정각 뒤에서 여름을 꽃 피운다 어느덧 오죽
헌이 되고 영정각이 되는 찰라 구례 화엄 산문의 배롱나무
는 일주문과 어울리고 개심사 배롱나무는 연지에 붉은 꽃잎
으로 물들일 때 아름답다 피아골 연곡사 배롱나무는 가파르
지 않은 돌계단과 단짝이고 담양의 배롱나무는 명옥헌을 가
슴으로 숨길 듯 감싸 안아 푸근하다

　여름 한 철 뙤약볕
　백일을 피면 지고 지면 또 피는
　배롱나무 한 그루면 온 세상이 족하여
　그렇게 슬그머니 누군가의 뒤에 서는 일은
　은은하게 기쁘다

가벼워지기 위한 두 가지 방법

황정산 시인. 문학평론가

가벼워지기 위한 두 가지 방법

황정산(시인, 문학평론가)

1. 들어가며

우리는 모두 무게에 짓눌리며 살고 있다. 고통도 슬픔도 해야 할 일도 모두 무거운 중량으로 우리를 압박한다. 그럼에도 불구하고 우리는 모두 이 무거움을 늘리며 살고 있다. 더 많은 재산을 쌓으며 더 무거운 차를 구입하고 더 많은 관계를 만들어 관계 속의 고통을 가중시킨다. 더 많이 가지고 더 많이 쌓아두고 더 높은 지위의 무게를 가져야 더 큰 행복과 그 행복을 위한 능력을 얻게 된다고 믿기 때문이다. 하지만 모든 불행은 이 무게로부터 온다. 이 무게를 얻기 위한 인간의 욕망이 세상을 무겁게 만들고 우리를 분노와 고통의 무게로부터 벗어날 수 없게 만든다.

나호열의 시는 가볍다. 말에 말을 덧붙이는 중층의 언어의

두께도, 심오한 의미의 무게도 담지 않으려고 한다. 아니 가볍다는 말은 어폐가 있다. 그의 시들은 가벼워져 가는 언어의 무게를 느끼게 하는 아이러니한 힘을 가지고 있다. 다시 말해 그의 시어들은 없어진 무게를 가지고 있다.

2. 날개를 달아 가벼워지기

나호열 시인의 시에서 인간은 무게에 짓눌려 살고 있다. 다음 시가 그것을 잘 보여준다.

저 멀리

한 마리 학이 앉아 있는 듯

가까이 다가가면

서로 포근히 기대어

사이시옷

사람(人)들이네

흙이 물과 불이 만나 이룩한

우주를 향해 펼친 날개

사이시옷의 물결을 보네

– 「사이시옷」 전문

"기와를 노래함"이라는 부제가 달린 작품이다. 이 부제에서 알 수 있듯 시인은 포개어진 기와를 보고 사람들이 사는 세상의 모습 떠올린다. 그것은 기와의 무게처럼 서로의 무게에 짓눌려 있는 모습이다. 하지만 시인은 그 무게에 짓눌린 모습에서 "한 마리 학이 앉아" 있는 형상을 보고 "우주를 향해 펼친 날개"를 상상한다. 그런데 사람들은 자신이 날 수 있는 날개를 가지고 있다는 것을 알지 못하고 켜켜이 쌓여 서로의 무게를 감내하며 오래된 기와처럼 낡아가고 있다. 이 시에서는 "ㅅ"이 시의 정서를 표현하는 음성상징으로도 작용한다. 시옷은 가벼운 느낌을 준다. '사르륵', '사뿐' 등 가벼움을 표현하는 것에 시옷이 많이 들어간다. 그렇지만 그 가벼운 느낌의 시옷이 기와처럼 쌓여 무거워지는 아이러니를 이 시는 잘 표현하고 있다. 이를 통해 무거운 인간사이지만 그 안에는 가벼움이 숨어있다는 이치를 시인은 우리에게 알려준다.

가벼워진다는 것은 세상의 짐으로부터 벗어난다는 것을 의미한다. 그런데 위 시에서처럼 이 모든 삶의 무게를 유지하면서도 자유를 얻는 방법 중 하나는 벗어날 수 있는 날개를 얻는 것이다.

길가에 뒹구는 돌멩이를

누구는 발로 차고

손에 쥐고 죄 없는 허공에

화풀이를 하네

볼품이 없어

이리저리 굴러다니지만

엄연히 불의 자손

하늘을 가르며 용트림하던

그 청춘의 불덩이를 잊지 않기 위해

안으로 얼굴을 감춘 갑각류의 더듬이처럼

엉금엉금 기어서

오늘도 날개를 꿈틀거리는

돌멩이 하나

– 「돌멩이 하나」 전문

이 시에서 돌멩이는 세파에 찌들리며, 이리저리 채이며 사는 이 땅 민초들의 정서적 등가물이다. 오늘 이곳을 살고 있는 대부분의 사람들은 돌멩이처럼 아무도 귀하게 여겨주지 않고 화풀이를 위한 갑질의 희생양이 되기도 한다. 하지만 돌멩이들이 뜨거운 용암에서 나왔듯이 그 안에는 원래 가지고 있던 "청춘의 불덩이"를 품고 있고 비록 바닥에 구르더라도 "날개를 꿈틀거리는" 꿈은 포기하지 않고 있다고 시인은 보고 있다. 그게 사실이 아니더라도 그 날개의 꿈을 포기하

지 않기를 그리고 그 가능성이 소멸하지 않기를 강렬하게 소
망하고 있다고 할 수 있다.

　다음 시에서는 이를 좀 더 분명하게 표현하고 있다.

　　다시 나를 저 야생의 숲으로 보내다오

　　삵에게 쫓기며 도망치다 보면

　　날개에 힘이 붙고

　　휘리릭 창공을 박차 올라

　　매의 발톱에 잡히지 않으려는 수만 년이 지나면

　　쓸데없는 군살과 벼슬을 버린

　　새가 되리라

　　진화론의 서문이 너무 길어

　　달걀을 깨버리는

　　이 무심한 밤

- 「진화론을 읽는 밤」 부분

　시인은 달걀을 보고 닭의 운명과 진화에 대해 생각하고 있
다. 이미 날지 못한 새이지만 진화론을 거슬러 다시 날개를 사
용하여 날 수 있는 새가 되기를 시인은 간절히 소망한다. 날지
못하는 닭에게서 자신의 모습을 떠올리기 때문이다. 그것을
벗어나기 위해 시인은 "달걀을 깨버리는" 행위로 저항한다.

그런데 날개를 달고 가벼워진다는 것의 진정한 의미는 무엇일까? 그냥 세상을 가볍게 여기고 낭비하는 것일까? 아니면 초월적인 것을 지향하며 현실도피의 삶을 바라는 것일까? 다음 시에서 시인이 진정으로 원하는 날개의 의미를 생각해 볼 수 있다.

옷의 역사를 생각해 본다

동물에서 사람이 되었던 날은

부끄러움을 알게 된 그 날

감추어야 할 곳을 알게 된 그 날

옷은 그로부터 넌지시 위계를 가리키는

헛된 위장의 무늬로

입고 벗는 털갈이의 또 다른 이름으로

진화하였다

우화羽化의 아픈 껍질을 깨고

비로소 하늘을 갖는 나비를 꿈꾸며

(중략)….

나는 벌거숭이가 되어

옷의 역사를 새롭게 쓰고 싶다

부끄러움을 감추지 않고

가장과 위선의 허물이 아니라

마음에 새겨지는 문신으로

나를 향해 먼 길을 오는 이의 기쁨으로

이름 짓고 싶다

― 「허물」 부분

흔히 옷이 날개라고 말을 한다. "우화의 아픈 껍질을 깨고 / 비로소 하늘을 갖는 나비를 꿈꾸"듯이 옷은 우리에게 위계를 만들고 자신의 가치를 드높이는 날개로서 기능을 한다. 하지만 그것은 "헛된 위장"일 뿐이라고 시인은 생각한다. 그럴 경우 옷은 벗어야 할 허물이 되고 만다. 진정한 우화는 날개라고 생각하는 이 옷을 벗어버린 데서 이루어진다. 시인은 이 허물로서 옷이 아니라 "마음에 새겨지는 문신"으로서의 옷을 생각하고 그럴 때 옷은 사람과 사람을 이어주는 날개가 되는 것이다. 결국 가벼워지는 것은 진정한 사랑을 얻는 일이다.

다음 시가 그것을 좀 더 잘 말해준다.

저렇게 살아서는 안 된다고 다짐했다 얼굴도 없이 뼈도 없이 맹물에도 풀리면서 더러운 것이나 훔치는 생을 살지는 않겠다고 생각했다 하늘만 바라보면서 고고했던 의지를 꺾은 것은 내 잘못이 아니다 무엇이든 맞서 싸우되 한 뼘 땅에 만족했던 우직함이 나를 쓰러뜨렸다

나무는 벌거벗어도 실체가 없음의 다른 말이다 벌거벗어도 보일 것이 없으니 부끄럽지 않다 당신이 나를 가슴에 품지 않고 쓰레기통에 넣는다 해도 잠시라도 나를 필요로 할 때 기꺼이 나는 휴지가 되기로 한다 나는 당당한 나무의 후생이다

- 「후생」 전문

나무가 날개가 되는 것은 휴지가 되는 것이다. 나무가 자신의 몸을 벗어나 아무것도 아닌 가벼움을 가지려면 베어져 휴지로 만들어져야 한다. 하찮고 보잘것없지만 남을 위해 쓰일 수 있는 이 가벼운 존재가 되는 길을 몸소 사랑을 실천하는 길이고 나무의 무게를 벗어나는 길이다. 시인은 그래서 그것을 "당당한 나무의 후생"이라고 멋진 이름을 붙여준다.

3. 꽃이 되어 가벼워지기

나호열 시인의 시들에는 특히 "꽃"이라는 단어와 꽃의 이미지가 많이 등장한다. 그의 시에서 꽃은 다양한 의미를 만들어내고 있지만 모두 가벼워지는 것과 관련을 맺고 있다. 꽃의 이미지가 보여주는 가벼움과 꽃이 함축하고 있는 상승이라

는 내포적 의미 때문일 것이다.

절벽 앞에 서 있었다

우울의 깊이를 가늠하려고

눈빛을 떨어뜨렸을 때

절벽 어느 틈새에

꽃은 보이지 않고

향기가 기어오르고 있었다

나는 그 꽃이 궁금하여

하늘을 우러러 보이는 곳으로 내려왔다

꽃도 향기도 보이지 않는 절벽이

내게 말했다

모두 안녕?

- 「모두 안녕」 전문

우리의 삶은 절벽 앞에 서 있는 것과 다름이 없다. 앞도 보이지 않지만 자칫 잘못하면 나락으로 추락하는 파멸이 기다리고 있기도 하다. 지금도 수많은 사람들이 이 절벽 앞에서 절망하거나 비통해하고 있을지 모른다. 또한 더러는 사업 실패라거나 불의의 사고를 통해 절벽에서 추락하는 절망을 경험하기도 할 것이다. 시인은 그 절벽 앞에서 꽃을 보고자 한다. 이때 꽃은 희망이기도 하고 절망을 견디게 하는 위안이기도 하고 삶에서 힘들게 찾은 아름다움이거나 행복이기도 할 것이다. 그런데 향기는 있지만 그것의 실체는 보이지 않는다. 존재하지만 만나기는 쉽지 않다는 것이다. 그래도 우리는 아직 모두 "안녕"하다. "하늘을 우러러 보이는 곳" 즉 낮은 곳으로 내려올 수 있는 마음이 있다면 아직은 우울을 견디며 꽃을 그리워할 수 있다.

그래서 시인은 사막 같은 현실의 삶에서 꽃에 대한 그리움을 포기하지 않고 살 수 있었다.

어느 사람은 낙타를 타고 지나갔고

순례자는 기도를 남기고 사라져 갔다

그때마다

화염을 숨기고 뜨거워졌다가

밤이면 무수히 쏟아져 내리는 별빛으로

얼음 속에 가슴을 숨겼다

나에게 머무르지 않는 사람들의 발자국을

침묵과 고요 속에서 태어난 바람으로 지우며

육신의 덧없음을 일깨우곤 했다

오늘도 낙타의 행렬과 순례자들이

덧없이 지나갔지만

나는 꿈을 꾼다

그 사람이 오고

백년 만에 비가 내리고

백년 만에 내 몸에서 피어나는 꽃을

어찌지 못한다

안녕이라는 꽃말을 가진 사람

– 「사막의 꿈」 전문

자신의 내부에서 꺼지지 않는 화염은 차가운 가슴 속에 숨길 수 있고 낙타의 행렬과 순례자들을 보면서 덧없는 꿈을 꿀 수 있는 사람은 백년 만이라도 자신에게 꽃을 피울 수 있다고 시인은 믿고 있다. 그 꽃은 바로 "안녕이라는 꽃말"을 가진 사람, 즉 시인 자신이다. 모든 것에 안녕이라고 말할 수 있는 사람은 모든 것을 떠나보내고 모든 것으로부터 자유로워진 사람이다. 꽃이 되어 가벼워진 사람이다. 어쩌면 그런 사람이 되는 과정이 바로 시를 쓰는 과정일지 모른다.

길 없음의 표지판을 믿지 않고 끝까지 걸어가야 비로소
태어나는 말이 있다 눈먼 더듬이가 짚어내는 모르는
단어는 가슴 어딘가에서 피어나는 꽃의 눈빛을 닮았으나
그저 입안에서 맴도는 길들여지지 않은 바람의 영혼이다

길의 끝에서 우리는 강을 만나고 절벽을 만나고 사막을
만나기도 하지만 오늘 밤 태어나는 단어는 무엇이 될지
모르는 한 톨의 씨앗
  하늘에 던지면 샛별이 되고 강에 던지면 먼바다를 돌아
회귀하는 물고기가 되고 사막에 감추면 슬픈 낙타가
될지도 몰라 아직 여백이 남은 가슴의 편지지에 서툴게
감춰두고 마는 길 없음의 끝

–「손금」 전문

시인은 손금을 통해 시인으로서의 자신의 운명을 예감한다. 그는 자신이 꽃과 바람 사이에서 방황하는 운명을 가지고 있다고 생각한다. "꽃의 눈빛을 닮았"다는 것은 아름다운 마음과 그것에 대한 소망을 지향하고 있다는 말이다. 하지만 완성된 아름다움으로서의 꽃은 자신의 삶에서 쉽게 만나지도 이루지도 못한다. 그래서 그것을 찾아 떠나는 "바람의 영혼"으로 살아왔다. 어쩌면 그것은 시인의 길이기도 할 것이다. 강과 절벽과 사막을 헤매다가 겨우 "한 톨의 씨앗" 같은 단어 하나를 만들어서 그것이 샛별도 되고 물고기도 되고 낙타도 됐다가 결국은 아름다운 꽃으로 피어나기를 바란다. 시인이 단단한 씨앗 같은 단어들을 모아서 시를 짓는 것은 바로 이 때문일 것이다.

그러나 이 길은 너무 멀고 어려운 길이다. 다음 시가 이것을 간략하게 잘 말해준다.

불쑥

당신 앞에

나무로 서는데 반생

문득

당신 마음에

꽃으로 피는데 반생

불쑥에서

문득까지 천리 길

길 없는 길

– 「토마스가 토마스에게 9」 전문

"토마스"는 시인 자신의 세례명일 것이다. 결국 이 시는 자신이 자신에게 하는 독백이다. 진정한 자신으로 돌아오는 길이 얼마나 힘든 일이고 오래 걸리는 일인지를 얘기하고 있다. 반생을 나무로 섰다는 것은 자신의 삶을 성숙한 인간의 삶으로 만들어가는 과정을 말하고 있다고 해석된다. 어느 날 불쑥 자신의 삶이 익어갔다고 시인은 생각한다. 하지만 문득 꽃으로 완성된 깨달음을 얻기까지는 또 다른 반생을 살아야 한다. 그것은 "길 없는 길"인 지난한 형극의 길임을 시인은 잘 알고 있다. 그런데 이 시에서 시인은 "불쑥"과 "문득"이라는 부사를 적절히 사용하여 이 시의 의미와 분위기를 잘 살리고 있다. '불쑥'이나 '문득'이나 다 갑작스러운 한순간의 어떤 것의 나타남을 표현하는 말이지만 '불쑥'은 나 아닌 다른 것이 나타났을 때 주로 사용하고 '문득'은 내 안의 어떤 것이 일어났을 때 주로 사용한다. 반생은 타인의 욕망에 지배받으며 그것에 맞추려고 살았다면 이제 반생은 꽃으로 피어나는 "문득"의 깨달음을 얻고 싶은 것이다.

그런데 그렇게 문득 깨달아 얻은 꽃은 무엇일까? 다음 시가 그것을 잘 말해준다.

이 세상에서 가장 아름다운 꽃은

피어나기는 하나 지지 않는 꽃이다

하늘에 피는 꽃은 구름

그저 푸른 하늘만 있으면

사계절 가리지 않고 핀다

향기도 없고

벌 나비도 찾아오지 않지만

이 세상에서 가장 아름다운 꽃은

나그네 긴 발걸음 끌고 가는

구름이다

– 「구름」 전문

시인은 가장 아름다운 꽃을 구름이라고 말하고 있다. 구름은 있지만 실체가 없고, 정해진 형태가 없고 향기도 없고 "벌 나비도 찾"지 않은 어쩌면 쓸모없는 존재이다. 비어있는 실체이고 내용 없는 아름다움이다. 그러므로 그것은 진실로 가벼운 존재이다. 그렇기에 구름이 가장 아름다운 꽃이라고 시인은 말할 수 있게 된 것이다. 그것은 시인이 시를 통해 도달하고자 한 무용성의 아름다움인 진정한 예술의 경지이다. 무용하기에 그것은 무게가 없고 무게가 없어 억압이 없다. 이 구름 꽃의 경지에 이르러 비로소 세상의 무게로부터 벗어나게 되므로 "지지 않는" 영원성을 가진 완성된 자유가 된다.

4. 맺으며

벗어나기 위해서는 가벼워져야 한다. 하지만 우리는 스스로 삶의 무게를 늘리며 살고 있다. 그래야 성공적인 삶이라고 평가되기 때문이다. 모든 것이 수치로 계량화되어 있어 더 높은 수치에 도달해야 남들보다 더 높은 지위와 명예를 얻는다. 하지만 그 무게 때문에 우리는 인간에게 가장 중요한 자유를 저당잡힌 채 살고 있다. 나호열 시인은 이 삶의 무게를 덜어가는 과정으로 자신의 시 쓰기를 완성해 가고자 하는 것 같다. 아니 어쩌면 이미 그곳에 도달해 있는지도 모르겠다.

그 과정의 마지막에는 바로 사랑이 있다.

사랑해

이 짧은 시를 쓰기 위해서

너무 많은 말을 배웠다

– 「토마스가 토마스에게 1」 전문

가시밭길 걸어도

멈출 수 없는 것은

뒤돌아보면 살아온 날들이

꽃밭이 되어

따라오기 때문이다

– 「토마스가 토마스에게 2」 전문

이 시집은 바로 이런 사랑의 마음으로 아직 삶의 무게에서 벗어나지 못하고 있는 우리 모두에게 안부를 묻고 있다.

安否

펴낸날 2021년 12월 10일

지은이 나호열
펴낸이 주계수 │ **편집책임** 이슬기 │ **꾸민이** 이화선

펴낸곳 밥북 │ **출판등록** 제 2014-000085 호
주소 서울시 마포구 양화로 59 화승리버스텔 303호
전화 02-6925-0370 │ **팩스** 02-6925-0380
홈페이지 www.bobbook.co.kr │ **이메일** bobbook@hanmail.net

© 나호열, 2021.
ISBN 979-11-5858-833-5 (03810)